Una foca anda suelta

Escrito por Pam Holden
Ilustraciones de Samer Hatam

1

A Joe le gustan las focas.
Va a verlas a la playa.

Les toma fotos con
su cámara.

Joe se mete al mar en su canoa.

Lleva su canoa a donde nadan las focas.

Un día, Joe vio una foto de una foca en el periódico.
No estaba en una playa.
¡Estaba en una casa en el pueblo!

Joe dijo: —¡Yo sé de dónde vino esa foca!—

Ayudó a los guardabosques
a llevarla a la playa.

Pero esta foca no quería estar ahí.

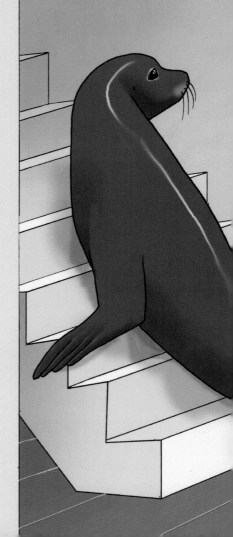

¡La gente vio a la foca en el sofá!

¡Había subido las escaleras!
Le tomaron una foto.

Otra vez vino un guardabosques para llevarse a la foca.

Joe vino a ayudar
al guardabosques.

Joe ayudó a llevar a la foca
de regreso a su casa.
Las otras focas la esperaban
en la playa.